KB022910

꿈틀꿈틀 오늘도
자유형으로
살아갑니다

꿈틀꿈틀 오늘도
자유형으로
살아갑니다

착한재벌샘정 지음

더메이커

밟히고서야 꿈틀하지 말고

그대 안의 꿈들이 꿈틀꿈틀하기를

꿈의 무게에 짓눌려
틀어박혀 있지 말고

끔

훨

훨

훨

꿈꾸는 그대

틀 밖으로 나가 보아요.

2부　마음대로 헤엄치는 것이 자유형이잖아요

3부   입안에서
      별이 터지는 느낌

4부 완벽하지 않아도 괜찮아

1부

밟히고서야

꿈틀하지 말고

길

....

코로나19로 온라인 개학을 했고, 실시간 양방향 수업을 선택했어요.

가보지 않은 길이었기에 두려움이 컸지만 그 길로 가면 어떤 것을 만나게 될지 궁금했어요. 새롭고 낯선 길이 주는 설렘이 있잖아요.

모니터를 통해 만나는 아이들에게 작은 재미와 추억을 주고 싶다는 마음에서 왕관을 쓰고 수업을 했어요.

"반가워요. 왕관 쓴 선생님은 처음이죠?"

아이들은 놀라고 신기해하고 큭, 큭, 큭 터지는 웃음을 애써 참는 게 보였어요.

남들이 가는 길, 이미 만들어진 길을 가도 좋지만 스스로 길을 만들어보는 건 어떨까요?

처음부터 자전거를
잘 타는 사람은 없어요

. . . .

처음부터 자전거를 잘 타는 사람은 없어요.
넘어지면서 자전거 타는 방법을 터득하고 나면
평생 자전거를 탈 수 있게 되는 것을 기억해요.

책과 함께하는 삶은 자전거 타는 법을 터득한 것과 같아요.
시행착오를 하며 나만의 책 읽기 방법을 습득하고 나면
책은 평생의 동반자가 되어줄 거예요.

책은 내 인생의 자전거와 같은 존재예요.

뭐 재밌는 거 없나?

....

호기심을 잃지 않고, 끊임없이 새로운 것에 대한 궁금증이
솟아난다면 삶이 조금 더 활력 있지 않을까요?
온몸 세포의 안테나 주파수를 여기에 맞추어 보아요.

"뭐 재밌는 거 없나?"
"어디 신박한 거 없나?"

책을 읽기만 하지 말고 책을 즐겨 보아요.
어떻게요?
한 권의 책을 읽고 나서 나만의 책 파티를 열어 보세요.
그림 그리는 것을 좋아한다면 내 맘대로 표지를 만들어
보세요.
엔딩을 바꾸어 보면서 상상의 나래를 마음껏 펼쳐 보는
것도 재밌답니다.

시작도 하기 전에
결과를 먼저 생각한다면

....

실패하는 게 너무 두려워서 시도조차 하지 않고 포기해
버리지는 않나요?
실패는 없어요.
그 과정에서 엄청난 선물, 경험을 얻잖아요.

아, 실패는 바느질 할 때는 필요하답니다.

시작도 하기 전에 결과를 먼저 생각한다면
언제나 두려움의 습격을 받게 되지요.

준비된 자에게 기회가 온다?

....

준비는 30%면 충분하답니다.
준비는 '하고 싶은 마음'이면 충분해요.

그대 안에서 꿈틀 하였다면
세상을 향해 안테나를 세우세요.

스스로 찾는 행동이 함께하는
기도에는 꼭
회답이 올 거예요.

기회를 놓치고 후회하지 마세요

....

강의 요청이 오면 주제와 상관없이 이렇게 말합니다.
"네에~~ 됩니다. 시간만 맞으면 무조건 합니다."
이미 하고 있던 거면 당연히 할 수 있는 거고
해보지 않은 것이라면 새로운 콘텐츠를 개발할
기회가 생기는 것이니까요.
꾸틀 하는 거죠.

기회를 놓치고
후회를 하고 싶지는 않으니까요.

글자를 쓰려는데 그림이 그려지네

....

캘리그라피를 배우기 시작하면서 자꾸 하게 된 말.

"글자를 쓰려는데 자꾸

이 그려지네."

'문자도'도 있고, '타이포그래피'도 있지만
나만이 할 수 있는 '그림 품은 캘리'를 해보고 싶다는 생각이
끄튼.

뻥~ 차서 날려 버리고 싶은 거?

. . . .

꽃신을 운동화로 갈아 신고
한 발을 들어
뻥~~

내가 할 수 있을까, 하는 의심과 불안을 차버렸더니
남들과 다른
나만의 것이 만들어지기 시작했답니다.

그대는,
지금,
무엇을,

차서 날려 버리고 싶은가요?

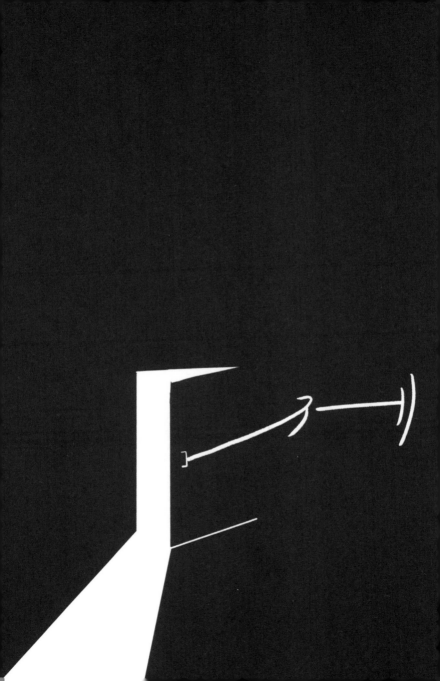

해! 뭐가 문제야

. . . .

넘어설 수 없을 것 같은
캄캄하고 거대한 벽 앞에 섰을 때
문을 만드는 방법도 있답니다.

문을 만들어 열고 벽을 지나가듯
문제는 풀기 위해 있습니다.

"해! 뭐가 문제야?"
발생 가능한 문제들을 수없이 나열하면서 포기해 버리지
말고 하겠다는 결심을 하고, 문제는 해결할 방법을 찾으면
된다는, 스스로에게 거는 주술 같은 것입니다.

일단 들이밀어 보고 안 되면…
마는 거지요.

해 보지도 않고 포기하는 것보다는 낫잖아요.

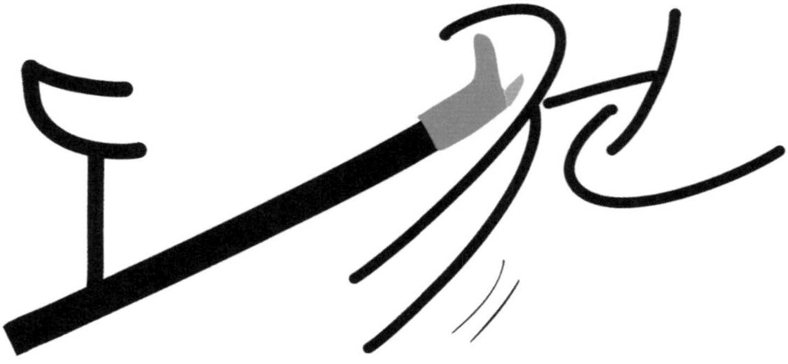
도전

도전

. . . .

도망가지 않고
전진.

나중에 말고 이번에

....

나답게 살기 위한
이정표를 세울 시기는 바로 '지금'입니다.

나중에 말고
이번에.

기준은 내가 정하는 것

. . . .

"그림 연습은 그만 해도 될 것 같아요."
웹툰 선생님의 말씀에
"이제 된 건가요?" 했더니
"그게 아니라… 더 이상 그림이 늘 것 같지가 않아서… 그림
은 그만두고, 스토리를 짜는 것에 집중하는 것이 좋을 것
같아요."

아니에요.
내 기준은 내가 정할래요.

웹툰 작가 샘정의 콘셉트는
'그림을 잘 그리지 못하는 웹툰 작가'

지금 그대 안에서 꿈틀 하는 것은 무엇인가요?

씨앗
ST

실수해도 돼요

....

실수를 통해
무엇을 얻었는가,

이것이 중요해요.

길을 찾고 있다면

....

책 속에서 만난 사람들은
먼저 본 사람,
조금 더 많은 것을 경험 해본 사람,
앞서서 행동 한 사람들이었습니다.

길을 찾고 있는 중인가요?
책 속에서 먼저 걸어간 사람들을 만나보는 것도 한 방법
이에요.

타고난 재능이 없다면, 연습

....

타고난 재능이 없다면 연습으로 재능으로 만들어 보아요.
단 한 번에 하늘 높이 연을 날릴 수는 없겠지요.
내가 올리고 싶은 높이까지 가게 하려면 수 없이 많은
연습이 필요해요.

하늘 높이 날리고 싶은 연과 같은 것이 있나요?
꾸준 하는 것.

위로 1

. . . .

커피 한잔 할까요?
스스로에게 커피를 권하며
"대견해"라고 칭찬해 주어요.

한 주 열심히 살았지만, 마음만큼 안 된 것도 있지만
그래서 속상하고 서운한 마음, 조급한 마음도 있지만

"왜 그랬어?"라는 자책 금지
"왜 나한테 그래요?"라는 원망 금지

잠시 커피를 마시며
토닥토닥 위로해 주고

"대견하다"
"기특하다"
칭찬만 해주기로 해요.

조금 느려도 괜찮아

....

자신만의 개성과 색깔을 찾는 것은 중요하지만
그렇다고 너무 조급해 하지는 말아요.

참 느리두 괜찮아요

자신에 대한 배려부터

....

스스로를 대하는 태도는 어떤가요?
그대 자신에 대한 배려부터. 그 다음
상대를 위한 배려로 확장해 가요.

착하게 살지 않겠다고요?

. . . .

'착함'에 대해 생각해 보기로 해요. 착함의 무게중심을 상대가 아닌 그대에게로 옮겨보았으면 합니다. 착하게 살지 않겠다는 이야기를 하는 사람들도 많던데, 절대 그러면 아니 되어요. 착해야 해요.

그동안은 그대를 뒤로 하고 상대만을 향한 착함이었기에 힘들었다고 생각해요. 지금부터는 그대에게 먼저 착하기로 해요. 남들 시선을 의식하고, 남들에게 맞추느라 그대를 지나쳐 버리지 말고, 그대를 돌보고 그대에게 착한 사람이 되어 보기로 해요.

차카게 살자!!!
머리에 띠를 한번 둘러볼까요.

존넨쉬름

. . . .

거절할 수 있어야 거절을 당해도 상처받지 않는답니다. 상
대를 생각하는 마음의 크기와 거절은 별개의 문제인데,
마음의 크기가 작아서 거절한다고 생각하여 상처를 받는
거지요.

누군가가 너무 싫을 때,
이 꽃다발을 내밀며 한마디 하세요.

"존넨쉬름."

'무지무지 싫다'는 뜻 같죠?
사실은 장미 이름이랍니다.
독일어로 햇빛을 가리는 파라솔, 양산의 의미예요. 우리말
과 묘하게 오버랩 되죠? 신기하게도 이 꽃의 꽃말은 '거절'
이랍니다.

당당하고 우아하게 욕하면서 거절하는 방법으로
존넨쉬름, 한 다발을 안기는 거, 어때요?

2부

마음대로 헤엄치는 것이

자유형이잖아요

우린 그저 방법이 다른 거지요

. . . .

"그렇게 빈둥거리고 있어서 되겠어요?"
"뭐라도 해야 할 거 아니에요?"
라는 사람에게 말합니다.

"난, 지금, 즐거이, 치열하게 무엇인가를 하고 있답니다.
당신에게 보이지 않는다고 해서 아무 것도 아닌 건
아니랍니다."

우린 그저 방법이 다른 거지요.

별이 많아

.....

누구나 실수를 하지만 실수로 무너지는 사람이 있고

실수로 성장하는 사람이 있답니다.

실수의 이면을 볼 수 있는 것.

실수를 통해 무언가를 얻고 무언가를 발견할 수 있으면 됩니다.

"별이 많아."

"깜깜해. 아무것도 보이지 않아."

"달이 참 예뻐."

언제나 꽃나무

....

꽃나무입니다.
"꽃이 어딨어?"라고 묻고 싶은가요?
꽃을 달고 있을 때만 꽃나무인가요?
나무는 그것만으로도 충분히 아름답, 아니 아니
혹한을 견디느라 아직 빈 몸, 빈 줄기인 것이
더 감동스럽지 않나요?

화려하고 예쁜 꽃만 찾지 않고, 꽃이 피기 전에도,
꽃이 지고 난 뒤에도, 꽃나무는 언제나 꽃나무라는 걸
기억한다면…

우리는 모두,
언제나 꽃나무입니다.

2월의 혁명적인 발상

. . . .

왜 2월만 짧을까요?

겨울과 봄 사이라서 그렇다고 생각해요. 30일, 31일을 고집하면서 겨울이 물러가기를 기다리는 것이 아니라 빨리 봄을 시작하게 하려고 자신의 며칠을 과감히 버리는 2월의 혁명적인 발상.

"꽃이 피니 이제부터 봄이야"라고 말하기 위해 잎보다 먼저 꽃부터 피우는 매화의 우선순위를 정하는 결단력도 같이 배워요.

봄

. . . .

봄이라는 글자에서 연상되는 것들을 적어보세요.

_____

_____

_____

_____

_____

_____

앞에서 생각한 것과 일치하나요?

1. 한 해의 네 철 중 첫째 철. 겨울과 여름 사이이며,
   달로는 3월~5월.
2. '보다'의 명사형.

주변 상황에 휩쓸려 쉽게 판단할 때가 많지요.
본질을 보지 못할 때가 많답니다.

뒷모습의 표정은 어떤가요

....

손거울을 들고 뒷모습을 볼 때가 있죠?
일부분만 볼 수 있는 뒷모습.
뒷모습의 표정은 어떤가요?
타인에게로만 열려 있는, 고칠 수도 거짓말도 하지 않는
무방비 상태의 또 하나의 표정, 나의 뒷모습.

가끔은 눈에 보이는 것만이 전부라 생각하며 그것만 보며
쫓아가고 있지는 않나요?

뒤편을 잊어버리거나, 외면하면서 사는 게 아닌가 하는
생각을 문득 해봅니다.

노력이라는 작은 노

. . . .

이렇게 말하지는 않나요?
"그 사람은 재능이 있어."
"난 재능이 없는 걸 어떡하라고."

엄청난 힘의 파도가 덮쳐올 때 노력이라는 작은 노 하나
있어야, 거친 바다를 건너 새로운 세상에 다다를 수 있을
겁니다.

선택 1

. . . .

부모를 선택할 수 없듯이 이름 역시 우리의 바람이나 의지
와는 상관없이 일방적으로 주어집니다. 그것에 만족하면
좋겠지만 그렇지 않을 때 우리는 선택할 수 있죠. 이름을
바꿀 수도 있지만 나는 닉네임 만드는 것을 선택했어요.

신여성
모성애결핍증 환자
뼛속까지 여배우
국민 담임
셀카 요정
천만 요정
운빨 요정

어느 새 요정이 운명이 되었답니다.
운명은 만드는 거니까요.

닉네임은 나에게 주는 선물

....

닉네임은 나에게 주는 선물이에요.
선물은 많을수록 좋죠.
'삶을 디자인하는 녀자', 역시 또 하나의 닉네임.

내 삶을 잘 조율하며 내가 원하는 것으로 멋지게 디자인
하며 살아가고 싶은 마음에서 만들었어요.
내 인생의 요리사도 나, 내 인생의 디자이너도 나 자신이
니까요. 삶을 맛나게 요리하고, 멋지게 디자인하면서 살고
싶어요.

그대도 삶의 비전을 담은 닉네임을 만들어 보아요.

그대만의 콘텐츠

. . . .

"많은 사람을 모아 강연을 해야지 겨우 두어 사람과 하는 테이블 강연회라니? 너무 소모적 아닌가요?"
작가와의 만남으로 테이블 강연회를 기획했을 때 주변 반응은 대부분 부정적이었어요.

세상에 없던 '테이블 강연회'라는 것을 만든 이유는 자신이 읽은 책의 작가와 마주 앉아 차를 마시며 이야기하는 시간이 삶의 작은 추억이 되고, 응원이 되어주리라 믿었기 때문이에요.

테이블 강연회로 함께한 시간은 단순한 작가와 독자의 만남이 아닌 말랑말랑학교 동창생이라는 유대감을 만들어주었답니다. 독자를 넘어서 사람을 얻은 거지요. 사람재벌 샘정의 재벌 확장 사업이 적중한 거죠.

지금 생각하고 있는 그대만의 콘텐츠가 있다면 말풍선에
적어보세요.

나에게 캘리그라피는?

. . . .

나에게 캘리그라피는 글씨를 멋지고 아름답게 멋을 부려 쓰는 것이 아니라, 그 안에 어떤 마음, 어떤 가치를 담을 것인가를 고민하고 표현하는 것임을 알게 되었어요.

나눔을 위해, 응원을 위해 만든 브랜드 로고입니다.

건강 카페에서 가장 큰 힘이 카페지기라는 것을 알게 되었어요.
그녀의 경험을 통한 삶의 통찰력이 유머에 담겨 고객들에게 가
장 큰 힐링이 되고 있음을 표현해 보았어요. 웃으며 이야기 하고
있는 그녀가 보이나요?

여성복 브랜드 로고예요. 마음에 쏙 드는 옷을 입었을 때의 기
분, 날아갈 듯한 느낌을 담았어요. 패션의 마무리는 하이힐로.
어디에 있는 지 찾았나요?

선택 2

. . . .

선택 앞에 서면
나 자신을 가장 중심에 둡니다.

상황에 떠밀려
형편을 생각해서
다른 사람 때문에…

나의 선택인데 나는 빠져버리고 없는 선택이 주는 후회를
경험하면서 깨달았어요.

선택은 나를 위한 것이어야 한다는 것을.

내 맘대로 헤엄쳐도 되잖아요

....

자유형은?

1

2

3

1, 2, 3 레인 모두 자유형이지요.

마음대로 헤엄치는 것이 자유형이잖아요.

자유가 주어져도 자유를 누리지 못하고 있지는 않나요?

비키니를 생각하는 순간,
'먼저 살을 빼고'라는 생각부터 하나요?
'날씬해야 입을 수 있어'라는 생각의 감옥에 갇혀 있지는
않나요?

생각의 감옥에서 탈출하여 자유를 만끽해보아요.

자유

....

'멋지게 보여야 해'라며
타인의 시선에 꽁꽁 갇혀 있지는 않나요?

"왜 그러는지 이해할 수가 없어"

. . . .

서로에게 자신의 기준을 강요하고 있지는 않나요?
다름을 인정하는 순간,

자유로워집니다.

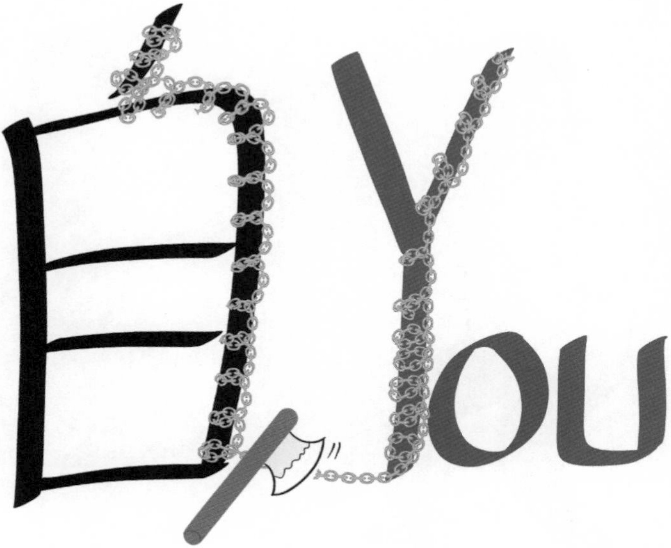
自
You

왜 내 팔뚝은 안 돼요?

. . . .

민소매 옷을 사고 싶은데 팔뚝 살이 완전히 가려진다며
자꾸만 가오리 소매를 권하는 옷가게 사장님에게 방긋 웃
으며 물었습니다.

"마동석씨 팔뚝은 되고
왜 내 팔뚝은 안 돼요?"

여유가 생기면

. . . .

자유로워지면
삶에 여유가 생기지요.
여유가 생기면
꿈틀꿈틀 하는 것도 많아지고요.

삶이 말랑말랑해진답니다.

자존감

밀어낼 것은 밀어내고
끌어당길 것은 끌어당기고

....

친구들이 모두 가지고 있는 무선 이어폰이 없어서 불행하다는 아이. 큰 헤드셋이, 치렁치렁한 줄이 부끄럽다는 아이에게 어떤 이야기를 해주고 싶은가요?

타인의 시선에게는 YES 아닌 NO.
스스로의 선택에게는 당당하게 YES.

자존감은 자석과 같답니다.
밀어낼 것은 밀어내고
끌어당길 것은 끌어당기는 분별력이지요.

행복은 일상을 잘 사는 것

....

그대 곁에 있는 파랑새를
보지 못하고 있지는 않나요?

그대 안의 보물을
보지 못하고 있는 것은 아닌가요?

3부

입안에서

별이 터지는 느낌

입안에서 별이 터지는 느낌

....

샴페인을 처음 만든 피에르 페르뇽은 그 맛을 "입안에서 별이 터지는 느낌"이라고 표현했어요. 너무 멋진 표현이죠?

그대에게 결코 넘을 수 없을 것 같은, 벽이라 생각되는 것이 있다면, 문을 만들어 열고 들어가 보아요.

입안에서 별이 터지는 느낌의 샴페인을 터트리며 축배를 드는 순간이 올 거예요.

운을 그대에게로 당겨 보아요

. . . .

연습으로 연을 자유자재로 움직일 수 있게 되었나요?
이제는 까마득히 높이 올라간 연을 당겨 오듯이
누군가를 그대의 인연으로 당겨 보아요.
모든 운은 결국 사람을 통해서 온답니다.

남들의 방법 말고
그대만의 방법으로요.

명함, 이름을 머금다

....

명함(名銜)
名 이름 명, 銜 재갈 함
이름을 머금다.

그대의 명함이 궁금해요.
그대를 명함에 담아 보아요.

참人인연

착한 개별생정

참 좋은 인연

. . . .

어? 이게 명함이에요?
연락처도 없네요.
이거 진짜 명함 맞아요?

네. 명함 맞습니다.
직접 쓴 책갈피 명함의 앞과 뒤입니다.

명함에 직업이 아닌 삶의 비전을 담았어요.
어떤 삶을 살고 싶은가를.

참에는 '진실' 됨과 '차암~~ 말 안 듣네'라고 할 때의 '억수로 많음'을 담았어요. 그런 인연이 되는 삶을 살고 싶은 마음에.

ㅁ를 통해 그런 사이가 되려면 함께하는 시간이 필요하다는 것과, 진짜 인연이라면 돌아돌아서라도 만나게 된다는 것을 표현해 보았어요.

손은 연결이 되어 있어요. 누군가를 만났을 때 손을 내밀어 이끌어 주기도 하고, 손을 들어 도움을 청하기도 하며 더불어 함께 가는 삶이기를 바라는 마음을 담았어요.

인 에서 사람의 얼굴이 보이나요?

한쪽 눈과 코, 웃는 입.

살아보니 사람이 가장 중요하다는 것을 깨달았기에

사람을 귀하게 여기며 살고 싶은 마음.

연 은 세상에 귀하고 좋은 사람들이 많음을 알기에

그런 사람과 사람을 연결해 주면서 살고 싶답니다.

그대의 명함에는 어떤 것을 담았는지 궁금해요.

나눔

....

나눔은 마르지 않는 우물 같다는 생각이 들어요.
퍼 올리면 다시 채워지고 퍼 올리면 다시 채워지는 우물.

내 것을 내어주었는데 내 안에 차오르는 기쁨과 만족감.

나에게 행복을 주는 비결 1

．．．．

"산골에 살면서 가장 아쉬운 것이 문화 혜택을 너무 못 받는다는 겁니다. 작가를 초대하고 싶어도 차비도 안 되는 돈을 받고 올 사람이 어딨으며, 그보다 더 큰 문제는 동네에 사람이 없다는 거예요. 육십이 넘은 내가 제일 젊으니 몇 사람 보고 먼 길을 오랄 수도 없고…"

"제가 갈게요. 한 사람이어도 되는 테이블 강연회는 세상 어디서도 가능하니까요. 게다가 무료입니다."

이렇게 만든 것이 '찾아가는 동네강연회'예요.
나눔에도 덕질이 필요하답니다. 내가 좋아하고 잘하는 것으로 하는 나눔은 나를 행복하게 해 주니까요.
강연 덕후가 할 수 있는 최고의 나눔은 강연이니까요.

스티커 다운은 여기서 ☞

나에게 행복을 주는 비결 2

....

웹툰 그리기를 배우면서 스티커를 만들어 나눔을 했어요.
큰 것이 있어, 많은 것이 있어 나누는 것이 아니라, 내가
할 수 있는 것들로 충분히 나눌 수 있어요.
나에게 행복을 주는 비결이기도 하지요.

그대를 행복하게 해줄 나눔이 꿈틀 하나요?

거울

....

따라쟁이 거울.

거울을 마주하고 있다고 생각하고 그대의 얼굴을 그려보아요. 잘 그리지 못해도 상관없으니 그려보라고 권하고 싶어요. 그래도 선뜻 손이 움직이지 않는다면 그리지 않아도 괜찮아요. 그림이 중요한 것이 아니라 자신이 어떤 표정으로 살아가고 있는지에 관심을 갖는 것이 중요하니까요.

웃음 1

....

"웃으면 웃을 일이 많이 생긴다"는 말
모르는 사람은 없을 거예요.
"알고 있어"라며 넘어가지 말아요.
행동 으로 해야 그대의 것이 된답니다.
지금 활짝 웃어 보아요.

"다음에"라고 미루지 말고, 지금.

웃음 2

. . . .

조금은 가볍고
유머 있는 삶이었으면 해요.
웃음은 전염효과가 있다고 해요.
주변을 둘러 잘 웃는 사람을 찾아볼까요?
지금 그 사람을 만나러 출발~~~

누군가 그대를 찾아온다면 참 좋겠죠?

웃음 쇼핑, 어때요

. . . .

"소문, 뒷담화 때문에 힘들다, 분하고 억울하다, 잘 알지도
못하면서 어떻게 그럴 수 있느냐."
대답은 늘 같아요.
"잘 몰라서 그런 거니까, 신경 쓰지 마세요."

"씹을수록 맛이 있다는 사람들에게는 씹혀 주는 게 '내 맛' 이니 씹혀 주세요."
"이렇게 크고 예쁜 껌이니 맛도 좋을 거야."

씹고 씹으면 씹으라지요. 그들이 남의 삶을 씹어대며 삶을 소모시킬 때 우리는 우리의 삶에 집중하며 생산적인 삶을 살면 되잖아요. 기꺼이 크고 예쁜 껌이 되어주는 거죠. 화화화요일이 아니라 하하하요일을 만드는 건 우리의 몫이니까요.

웃음 쇼핑, 어때요?
쇼핑 신나잖아요. 새로운 웃음, 신상 웃음을 찾아 즐거운 쇼핑을 즐겨보아요.

이해보다는 다름을 인정하는 것이 먼저

....

"해가 두 개야."

"말도 안 돼. 어떻게 하늘에 해가 둘일 수 있어? 그걸 말이라고 하는 거야? 너를 정말 이해할 수가 없어."

이해는 내가 두 개의 해를 경험하고 그것을 믿을 때만 가능해요. 내 경험치 안에서만 이해할 수 있지요.

남자가 여자의 월경을 이해할 수 있을까요? 생리통이 얼마나 힘든지를 모르는 남친에게, 왜 짜증을 내는지를 이해하지 못한다고 화를 낸다면?

내가 타인을 이해하기도 어렵지만 타인으로부터 이해받고 싶은 마음 역시 욕심이에요.

이해보다는 다름을 인정하는 것이 먼저 아닐까요?

소통이 필요한 이유

. . . .

이해를 위해 필요한 것은 소통이에요.
먼저 손을 내밀고,
한 발 더 가까이 가려는 노력이 필요해요.

습관적으로 하는 말은 무엇인가요

....

습관적으로 하는 말은 무엇인가요?

"되는 일이 없어."
"운이라곤 지지리도 없어."
"내가 하는 일이 다 그렇지 뭐."
"내 이럴 줄 알았다니까."

자신을 무너트리고 죽이는 말을 하고 있지는 않나요?

오늘 어떤 말을 들었나요

....

소통의 가장 큰 도구는 말입니다.

사랑합니다.
고맙습니다.
응원합니다.

오늘 어떤 말을 들었나요?
어떤 말도 듣지 못했다면
그대가 그 말을 한 번도 하지 않았기 때문입니다.
우리가 하는 말을 가장 먼저 듣는 것은 우리 자신이니까요.

'벙어리장갑' 대신 '손모아장갑'

. . . .

'벙어리장갑' 대신 '손모아장갑'이라고 하자는 글을 본 순간, 손모아장갑이 너무 예쁜 말이라 울컥했고, 나의 무심함과 편견을 깨달았어요.

꿈틀 하는 것이 있었어요.
수어를 배우기 시작했고, 수어로 소리 없는 강연을 하고 싶다는 꿈을 키워가고 있는 중입니다.

나와 다른 언어를 쓰지만 따뜻한 동행을 하고 싶다는 바람으로.

말은 살아 움직인답니다

· · · ·   .

말은 살아 움직인답니다.
경주마가 돌진하듯이 입 밖으로 나오는 순간
말은 생명력을 가지고 온 우주를 향해 달려가지요.

"긍정의 말을 하라."
식상하다는 생각마저 드는 말입니다.

속상한 이야기를 친구에게 풀어내는 동안, 시작할 때는
그렇게까지 화가 날 것이 아니었는데 이야기를 하다 보니,
생각할수록 더 괘씸하다는 생각이 든 적은 없나요?
작은 고마움이었는데 이야기를 하면서 생각해 보니 '나라
면 그렇게 할 수 있을까' 싶은 마음이 든 적은 없나요?

긍정의 말이 그대를 위해 온 우주로 달려가도록 해야 하
는 이유입니다.

제대로 잘 듣기, 경청

....

경청

좋은 말 습관도 중요하지만
더 중요한 것은 듣기랍니다.

사랑하는 사람의 말이라면
더더욱 귀를 크게 열고 경청해 주어요.

사랑이란 열려 있는 마음으로
상대를 바라보는 것

. . . .

동서남북, 사방으로 열려 있는 마음으로
상대를 바라보는 것이 사랑이라 생각해요.

그래도 목숨을 건 사랑을 해 보고 싶다고요?

우산

....

나는
덕분에 비를 맞지 않았다며
우산에게 고맙다고 하고

우산은
들고 나와 준 덕분에
모처럼 나들이를 해서 신난다며
나에게 고맙다고 하고.

공감을 위한 준비

. . . .

공감을 위한 준비는

나를 먼저 말랑말랑하게 만들기.

선물 3종 세트

....

말랑말랑한 삶을 위한 선물 3종 세트.

칭찬 - 잘한 것, 마음껏 칭찬하기.
용서 - 실수한 것 후회하는 것, 다아~~ 용서하기.
응원 - 지금보다 조금 더 멋지게 해낼 거야, 응원하기.

4부

완벽하지 않아도

괜찮아

선물

....

그대를 위해
준비된
선물을 풀어보는 것은
오
롯
이
그대의
몫이랍니다.

1등 하고 싶어요?
일등 하고 싶어요?

....

남들과 비교하고 경쟁하여 이기기 위해
일상의 행복을 등지고
일만 잔뜩 등에 업고 살지 않았으면 해요.
비교와 경쟁은 과거의 그대하고만 하세요.
조금만 더 멋져진다면 그대는 매일 경쟁에서 이기고
매일을 1등으로 살아가게 될 거예요.

달처럼 차올랐다 사그라졌다

. . . .

열정이 끝없이 불타오르지 않는다고, 작심삼일의 의지박
약이라 구박하며 스스로에게 상처 주기 금지.

열정은 달처럼 차올랐다 사그라졌다 한다고 생각해요.
달을 보며 오늘부터 작심삼일만 해 보기로 해요.
3일의 짧은 호흡의 목표를 세워 보기로 해요.
3일에 한 번씩, 마치 처음인 듯 또 해 보는 거지요.

'운동해야지, 했는데 3일 만에 포기했다'가 아니라
'3일의 목표는 이루었다' 이렇게요.

긴 호흡의 인생을 위해 짧은 호흡 연습부터
큰 성공을 위해 작은 성공 경험부터.

손 내밀어 가질 것

....

필요한 것이 있다면 손을 내밀어 가질 것.

그대 두 손에 무엇을 쥐고 싶은가요?

원하는 것을 갖고 싶은 마음

....

캘리그라피의 시작은 사인 때문이었어요.
《말랑말랑학교》 출간을 앞두고 특별한 사인이 필요했
거든요.
동창생들에게 국민 담임의 선물이 되어 줄,
아주 특별한 사인을 하고 싶다는 생각이 *꿈틀* .

내 인생의 주인공은 나.
니체의 아포리즘
'그대는 그대 자신이 돼라'

나만의 특별한 사인이 필요했고
원하는 것을 갖고 싶은 마음이 *꿈틀* .

내 인생의 주인공은 나

....

나만의 캘리그라피 사인입니다.
그대의 사인을 한번 적어 보세요.

배움

. . . .

망망대해를 건너기 위해서는
나침반 보는 법부터
배워야 할 것들이 참 많아요.

¿왜?

다양한 배움을 통해
수많은 "왜"를 외치면서
자신과 주변을 관찰하고 탐구하며
인생의 망망대해를 건너가 보아요.

운이 좋아하는 사람

....

다른 사람의 성공을 보고 이렇게 말하고 있지는 않나요?
"운이 좋았던 거야."

운은 망원경을 들고 살펴보고 있대요.
누구에게로 갈까, 하고요.

운이 좋아하는 사람은
두려움을 떨쳐버리고 자신을 믿는 사람.

운의 양

. . . .

두려움의 양에 반비례
믿음의 양에 비례.

응원

....

"수정해서 업로드하라고 했는데 그냥 올리셨더군요."

뜨아악~~~

나의 웹툰 1화에 없는 것이 있었으니, 바로오~~~

주인공이 몸통만 있고 두 팔이 없다는 것.

"수정해서 다시 올리시겠어요?"

"아니요. 머뭇거리는 사람에게 '저렇게도 시작하는데 나도 할 수 있다'는 응원이 되어주지 않을까요?"

실수를 다른 사람을 위한 응원으로 만들면서 가장 큰 응원을 받은 것은 나 자신이었답니다.

포기도 하나의 선택

. . . .

제라늄은 꽃이 피기 전에
꽃봉오리가 밑으로 쳐졌다가 위로 향하는 꽃.

포기하면 다른
기회를 볼 눈이 생긴답니다.

빨간색 제라늄의 꽃말은 '선택',
포기도 하나의 선택이지요.

위로 2

. . . .

바닥이라고 생각하며 절망하고 있나요?
괜찮아요.
바닥을 박차고 그 반동으로
이제부터 위로 올라갈 거니까요.
해바라기가 해를 바라보고 있기에, 간절한 열망이 있기에
위로 위로 자라듯이 그대 안에 품고 있는 꿈을 향하여

위로 위로.

자기 자신을 대하는 태도

....

어린왕자와 그대의 공통점은 무엇일까요?
힌트는 '어린왕자는 B-612라는 소행성에서 왔다'입니다.

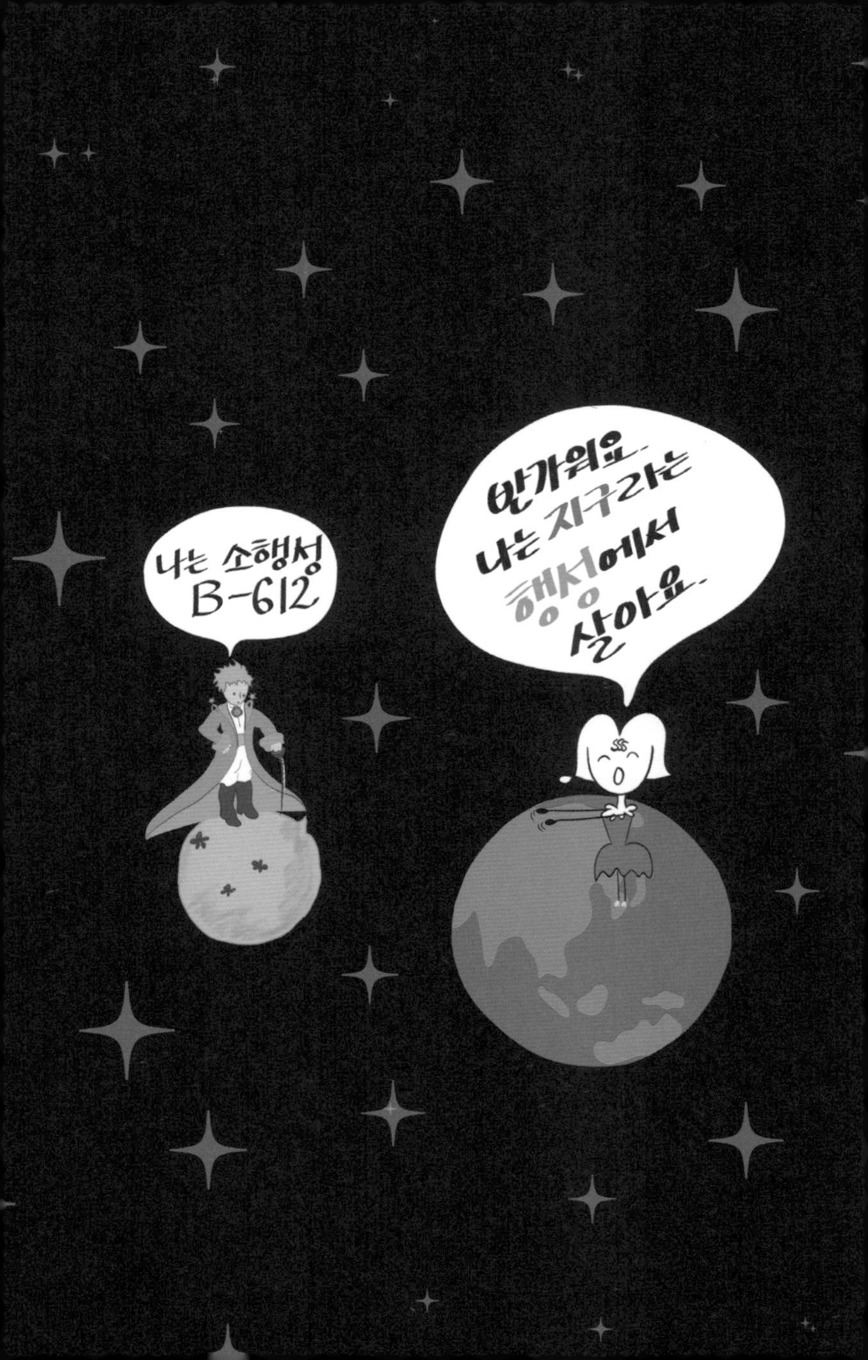
나는 소행성 B-612
반가워요. 나는 지구라는 행성에서 살아요.

그대와 어린왕자,
모두 '우주인'이지요.
이것을 인식하는 순간 많은 것들이 변하게 되죠.

《어린왕자》에 나오는 말,
"세상을 바꾸는 단 한 가지 방법은, 바로 자신을 바꾸는
거야."

"그 어떤 대상도 자신을 하찮게 여기게 해서는 안 된다"는
의미의 겐샤이.
그 출발은 '다른 사람'이 아닌 '자기 자신'이어야 해요. 자기
자신을 대하는 태도는 곧 세상을 대하는 태도이니까요.

어린 왕자와 같은 우주인인 그대.
대단하고 멋지지 않나요?

펭귄과 선풍기의 공통점

....

펭귄과 선풍기의 공통점은 무엇일까요?

날개가 있어도 날지 못하는 것.
펭귄은 날기와 자맥질 중 자맥질을 선택했기에 날지 못하
게 되었다고 해요.

그대는
비상  할 준비가 되었나요?

날고 싶은 마음은 필수.
어디까지 날아오를지는 선택.

마음 한번 잘 먹어 보기로 해요

....

무슨 일이든 마음먹기 달렸다고 하죠.
마음 한번 잘 먹어 보기로 해요.

꽃만 장미는 아니지요.
가시도 장미의 일부분이랍니다.
우리 마음이 늘 꽃과 같을 수는 없어요.
마음에도 가시들이 있어요.
그래서 마음을 잘 먹어야 해요.

꽃은 떨어뜨리고 가시만 남기지 않도록 말이에요.

가장 위험한 미움

....

떨어지는 꽃을 가시로 받게 되면
마음에는 미움이 싹트게 될 거예요.

가장 위험한 미움은
자신을 향한 미움 아닐까요?

완벽하지 않아도 괜찮아

....

코끼리를 삼킨 보아뱀을 모자라 생각하고 살아도 괜찮지
않을까요?
흠이 없는 사람이 되려는 자타공인 완벽주의자였는데, 흠
이 흠이 아니라 사람들이 들어 올 수 있는 틈이 될 수도 있
다는 것을 알았어요. 인생의 전환점이었지요.

완벽하지 않아도 괜찮아요.
그대 안에 꿈이 자라고 있다면 희망이 있는 거니까요.

따뜻한 동행

. . . .

품에 안고
등에 업고 함께 가는
따뜻한 동행.

그림 품은 캘리는 나의 심장을 뛰게 만들었고, 책을 만드는 동안 나의 심장은 계속해서 요동을 쳤답니다.

이 책은 나의 그림 그리기의 성장 과정에 대한 기록이기도 합니다. 연습을 많이 해서 잘 그리게 되어 시작한 것이 아니었거든요.

캘리그라피와 그림을 향해 뛰는 심장이 나를 여기까지 데려왔어요.

그림이 마음만큼 되지 않을 때 짓는 표정을 그려보려고
하였건만 여전히 마음만큼 안 되네요.
그
래
서 또 다시 내 안에

꿈틀

"내 기필코 마음에 드는 그림을 그리고 말테다."
이 순간의 꿈틀이 어떻게 자라는지 지켜봐 주어요.

그대 안에서 꿈틀 하고 있는 그것도 잘 키워 보아요. 우
리 함께 따뜻한 동행을 하며 우리를 가두고 있는 틀을 멋
지게 깨트려 보아요.
꿈꾸는 그대, 틀 밖으로 나가 보아요.

흑조는 존재하지만 우리가 보지 못했다는 이유로 그 존재를 부정당했었죠. 지금 당장 그대 눈에 보이지 않는다고 해서 존재하지 않는 것이 아니랍니다.

자연에서 피지 않아 불가능을 뜻하던 blue rose는 과학의 힘으로 가능해졌어요.

Impossible Dream을 Possible Dream으로 바꾸어 보아요. 뮤지컬 〈맨 오브 라만차〉에서 돈키호테가 부르는 'Impossible Dream'의 감동을 떠올리며 불가능하다고 생각한 것을 가능하게 하는 것. 어쩌면 우리가 살아 숨쉬는 이유가 아닐까요?

그대 삶의 기적이 울리기를…
하늘을 나는 기차가 기적을 울리며 달리는 상상을
해 보아요.

꿈틀꿈틀, 오늘도 자유형으로 살아갑니다

2020년 8월 5일 초판 1쇄 인쇄
2020년 8월 15일 초판 1쇄 발행

지은이 ｜ 착한재벌샘정
펴낸이 ｜ 이병일
펴낸곳 ｜ 더메이커
전 화 ｜ 031-973-8302
팩 스 ｜ 0504-178-8302
이메일 ｜ tmakerpub@hanmail.net
등 록 ｜ 제 2015-000148호(2015년 7월 15일)

ISBN ｜ 979-11-87809-36-4 03810
ⓒ 이영미